Écrivains | numéro 4

CERVANTÈS,
LE PÈRE DE DON QUICHOTTE

— L'enfant terrible du Siècle d'or espagnol

par Constantin Maes

50MINUTES

Avec la collaboration de Nathalie Hancisse

CERVANTÈS

- **Nom ?** Miguel de Cervantès Saavedra.
- **Naissance ?** Né aux alentours du 29 septembre 1547 à Alcalá de Henares.
- **Mort ?** Enterré le 23 avril 1616 à Madrid.
- **Contexte ?** Cervantès vit à une période de déclin politique pour l'Espagne, mais cet affaiblissement est compensé par un intense bouillonnement culturel qui touche tous les arts et plus particulièrement la littérature.
- **Œuvres majeures ?**
  - *Le Siège de Numance* (1585)
  - *Galatée* (1585)
  - *L'Ingénieux Hidalgo Don Quichotte de la Manche*, abrégé en *Don Quichotte* (deux volumes publiés en 1605 et 1615)
  - *Les Nouvelles exemplaires* (1613)
  - *Les Travaux de Persille et Sigismonde* (1617)

Auteur espagnol incontournable des XVIe et XVIIe siècles, Miguel de Cervantès est fréquemment considéré comme le plus grand écrivain ibérique. Issu d'une famille relativement modeste, il mène une existence presque aussi aventureuse que celle de ses héros. Tour à tour serviteur d'un futur cardinal, soldat, prisonnier de guerre, collecteur d'impôts et fugitif impliqué dans un assassinat, Cervantès trouve toutefois le temps, entre 1569 et l'heure de sa mort, de composer poèmes, pièces de théâtre, nouvelles et romans.

Il faut dire que cet enfant terrible s'inscrit dans un contexte culturel incroyablement stimulant : le Siècle d'or espagnol. Même si, sur le plan politique, l'Espagne est sur son déclin, sa production artistique est particulièrement foisonnante. Peintres, écrivains, architectes et musiciens rivalisent de créativité pour offrir à leur pays quelques-uns de ses plus beaux chefs-d'œuvre. Toutefois, face aux innovations des dramaturges et des poètes de son temps, Cervantès, malgré un indéniable talent, n'est pas de taille ; c'est donc par ses nouvelles et ses romans qu'il marquera l'histoire littéraire. En parodiant des modèles antérieurs, notamment les récits de chevalerie, il donne sa forme définitive au roman picaresque, un récit d'aventures dans lequel les situations abracadabrantes n'ont d'égal que la variété des personnages rencontrés par le héros. Aujourd'hui encore, son célèbre *Don Quichotte*, imaginé alors que l'écrivain est en prison, fascine les lecteurs du monde entier par son humour et son absurdité.

Un monument à la mémoire de Cervantès, réalisé par les architectes Rafael Martínez Zapatero et Pedro Muguruza et par le sculpteur Lorenzo Coullaut Valera, a été érigé sur la place d'Espagne, à Madrid, entre 1925 et 1930. C'est dire l'importance de l'auteur dans la littérature espagnole. Le monument comprend des sculptures en pierre de Cervantès (au centre) et d'Aldonza Lorenzo, plus connue dans *Don Quichotte* sous le nom de Dulcinée du Tobosco, ainsi que deux sculptures en bronze de Don Quichotte et de son écuyer, Sancho Panza.

CONTEXTE

L'ESPAGNE DU XVIᵉ SIÈCLE, UN EMPIRE UNIVERSEL

Durant la seconde moitié du XVIᵉ siècle, l'Espagne se trouve à la tête d'un immense territoire, qui s'est progressivement constitué grâce aux conquêtes, aux alliances et aux grandes découvertes. Charles Quint (1500-1558) a bâti un « empire sur lequel le soleil ne se couche jamais », du Pérou aux Philippines en passant par le Sud de l'Italie et les Pays-Bas. Quant à sa prospérité, il la doit en grande partie aux colonies : celles-ci fournissent de nouveaux produits (maïs, pommes de terre, haricots, etc.) qui diversifient le marché européen, tandis que l'or et les autres métaux précieux dont regorgent les Amériques permettent de frapper de la monnaie en abondance. Les échanges commerciaux entre les différentes zones de l'empire font émerger une forme précoce de mondialisation.

À la fin de son règne, entre 1555 et 1558, Charles Quint scinde son empire en deux parties : il lègue les contrées germaniques à son frère, Ferdinand Iᵉʳ (1503-1564), tandis que son fils, Philippe II (1527-1598), hérite de la quasi-totalité des territoires qu'il transmettra ensuite à son propre fils, Philippe III (1578-1621). Ces derniers, sous les règnes desquels écrit Cervantès, appuient leur autorité sur les incessantes campagnes de leur armée, parmi les plus efficaces de l'époque, et sur une administration complexe – vu la grandeur du territoire, l'application des décisions royales est déléguée à des vice-rois suivant les régions, qui eux-mêmes disposent de nombreux fonctionnaires. Mais leurs succès militaires, par exemple la bataille de Lépante (1571), qui met un terme à l'avancée ottomane en Méditerranée, sont balancés par de cuisants échecs : en 1588, l'Invincible Armada, constituée de 130 vaisseaux partis à la conquête de l'Angleterre, est défaite.

DES DIFFICULTÉS ÉCONOMIQUES ET SOCIALES

À l'aube du XVIIe siècle, le déclin politique de l'Empire espagnol est donc amorcé, d'autant plus qu'une série de difficultés économiques et sociales se font jour. Dès la seconde moitié du XVIe siècle, l'évolution démographique conjuguée à une baisse de production due à l'abandon progressif des métiers de l'agriculture par une partie des paysans qui cherchent à profiter des bénéfices liés aux importations des colonies engendre un déséquilibre. L'inflation affaiblit les couches les plus pauvres de la population, et les impôts levés en catastrophe pour tenter de rétablir la balance budgétaire les contraignent à émigrer en masse vers les villes, dans l'espoir d'y survivre plus aisément.

Parallèlement, les métaux précieux en provenance d'Amérique commencent à s'épuiser, tandis que les coûts de fonctionnement de l'empire, sur les plans administratif et militaire, sont importants. L'État a dès lors du mal à rembourser ses dettes. Par ailleurs, les musulmans d'Espagne, convertis de force, menacent à plusieurs reprises de se soulever et sont finalement chassés en 1609. Mais leur départ affaiblit encore l'économie espagnole et les écarts entre les différentes classes sociales ne cessent de s'accroître. Enfin, si les pauvres subissent de plein fouet les problèmes économiques, la noblesse, mise à l'écart des décisions politiques au profit de conseillers lettrés, gronde elle aussi de plus en plus.

LES SOUVERAINS ESPAGNOLS, CHAMPIONS DE LA CONTRE-RÉFORME

Mais le XVIe siècle est également particulièrement agité sur le plan religieux, suite à la Réforme, initiée par le moine allemand Martin Luther (1483-1546). En 1517, celui-ci publie une liste de 95 thèses dénonçant les abus de l'Église catholique romaine, notamment le commerce des indulgences, et prône un retour aux sources du christianisme, qui doit passer selon lui par une lecture plus attentive de la Bible et par la possibilité pour chacun d'exercer sa foi dans sa propre langue, et non plus exclusivement en latin. Le protestantisme voit alors le jour comme une branche dissidente du christianisme et se répand rapidement, en particulier en Europe du Nord. L'Église romaine, en réaction, convoque tous les évêques du monde catholique afin de réaffirmer les principes fondamentaux du catholicisme et consolider sa position : il s'agit du concile de Trente, qui se tient entre 1545 et 1563. Le mouvement qui s'ensuit, la Contre-Réforme, entérine définitivement le divorce entre catholicisme et protestantisme.

Face à ce qu'ils considèrent comme une menace, Charles Quint et Philippe II se font les champions du catholicisme orthodoxe en veillant scrupuleusement à l'application des valeurs promulguées par le concile de Trente. Les derniers Maures d'Espagne, de religion musulmane, sont convertis de force et le mouvement jésuite, fondé en 1534 par l'Espagnol Ignace de Loyola (1491-1556), veille à la formation des prêtres et à l'éducation de la jeunesse. Mais, surtout, l'inquisition, un tribunal condamnant les pratiques non conformes au catholicisme, parachève l'uniformisation religieuse dans tous les territoires appartenant à la couronne espagnole, à l'exception des Pays-Bas septentrionaux. Ceux-ci, majoritairement acquis au protestantisme, voient d'un mauvais œil la politique religieuse de Philippe II. La bourgeoisie et la noblesse s'unissent alors pour réclamer la liberté de culte et, en 1581, au terme de violents affrontements, les sept provinces du nord se séparent des Pays-Bas méridionaux, qui demeurent dans le giron espagnol, pour devenir les Provinces-Unies.

LE SIÈCLE D'OR OU LA SUPRÉMATIE CULTURELLE ESPAGNOLE

Assez paradoxalement, ces sombres événements sont contrastés par un prodigieux épanouissement culturel. L'art espagnol connaît en effet une période de grande prospérité souvent appelée Siècle d'or (*Siglo de Oro*), qui commence après la découverte du Nouveau Monde par Christophe Colomb (1450/1451-1506) en 1492 et s'achève vers le milieu du XVIIᵉ siècle. La littérature espagnole est illustrée par les sonnets savants de Luis de Góngora (1561-1627), les comédies nouvelles et baroques de Lope de Vega (1562-1635) ou encore l'œuvre de Quevedo y Villegas (1580-1645). Les romans picaresques, qui mettent en scène un héros de basse extraction (le *pícaro*) dans d'extravagantes aventures, apparaissent quant à eux au milieu du XVIᵉ siècle. *La Vie de Lazarillo de Tormes*, un texte anonyme publié en 1554, constitue le premier exemple du genre. Le roman, dépourvu de règles, s'adapte facilement à la perte de repères et de structures qui caractérise l'époque de Cervantès. Sous le couvert de la fiction, il rend possibles une critique sociale et un questionnement philosophique.

Les autres arts ne sont pas en reste : El Greco (1541-1614) puis Velázquez (1599-1660) s'illustrent en peinture, tandis que Tomás Luis de Victoria (1548-1611) compose les airs qui accompagnent les grandes cérémonies religieuses de l'époque.

LE SAVIEZ-VOUS ?

Saint-Laurent-de-l'Escurial, au nord-ouest de Madrid, symbolise l'hégémonie culturelle de l'Espagne du Siècle d'or. Ce centre de pouvoir multifonctionnel, commandité par Philippe II en 1563, est achevé en 1584 sous les directions successives de Juan Bautista de Tolède (1515-1567) et de Juan de Herrera (1530-1597). On y trouve un palais royal, un monastère, une basilique, une bibliothèque, une pinacothèque et un panthéon abritant les dépouilles de Charles Quint et de ses successeurs. Le complexe illustre à merveille les liens entre pouvoir, art et religion à l'époque de Philippe II.

DES ORIGINES MODESTES

Né en 1547, probablement le 29 septembre, à Alcalá de Henares, non loin de Madrid, Cervantès est issu d'une famille relativement modeste. On ne dispose que de peu d'informations sur sa mère, Leonora de Cortinas Sánchez, tandis que son père, Rodrigo de Cervantès (1509-1585), est un chirurgien un peu trouble qui revendiquait une ascendance noble mais était en réalité fils d'un médecin de Cordoue. Fréquemment aux prises avec la justice et endetté, Rodrigo de Cervantès aurait emmené, selon la rumeur, son épouse et leurs cinq enfants au gré de ses errances.

Si on sait que sa famille est passée par Valladolid et Cordoue, les premières années de la vie de Miguel de Cervantès demeurent toutefois assez obscure. La première information certaine que l'on ait à son sujet date de 1566 : le jeune garçon est l'élève d'un humaniste madrilène, Juan López de Hoyos (1511-1583), lequel publiera en 1569 les premières tentatives poétiques de l'écrivain.

UNE JEUNESSE ROCAMBOLESQUE

En 1568, Cervantès prend part à une mystérieuse rixe. Duel amoureux ou bagarre engagée pour une autre raison ? Nul ne le sait. Mais un arrêté royal vise l'arrestation d'un homme du nom de Miguel de Cervantès, qui aurait blessé un certain Antonio Sigura. S'agit-il de lui ? Encore une fois, il n'est pas possible de l'affirmer avec certitude. Ce qui est en revanche attesté, c'est que Cervantès part précipitamment pour l'Italie à la même époque. À Rome, il entre au service d'un futur cardinal, Giulio Acquaviva (1546-1574), à qui il sert de secrétaire.

Cette accalmie n'est cependant que de courte durée : pour des raisons imprécises, soit parce qu'il ne peut prolonger son activité auprès d'Acquaviva, soit pour affirmer son identité comme véritable Espagnol de souche – sa famille ayant de nombreux traits des *Conversos* (des juifs convertis), des soupçons pèsent en effet à cette époque sur son ascendance –, Cervantès s'engage dans l'armée. Après avoir écumé différentes régions d'Italie, il parvient sous les ordres de Juan d'Autriche (1545-1578), le demi-frère de Philippe II d'Espagne. C'est dans ce contexte qu'il prend part, en 1571, à la bataille navale de Lépante, destinée à stopper l'avancée ottomane en Méditerranée. Bien qu'il y perde l'usage de sa main gauche, il participe encore aux campagnes de l'armée autrichienne pendant quelques années, avant d'entamer son retour vers l'Espagne en 1575.

L'EXPANSION DE L'EMPIRE OTTOMAN

L'Empire ottoman (1299-1923) est l'une des puissances les plus importantes du Moyen Âge et des Temps modernes. Formé en Turquie actuelle et ayant pour capitale Constantinople à partir de 1453, il s'étend, à son apogée, sur le Proche et le Moyen-Orient, les côtes de l'Afrique du Nord, et s'avance sur les terres européennes jusqu'à Vienne. Au XVIe siècle, sous les règnes de Soliman le Magnifique (1494-1566), de Selim II (1524-1574) et de Murad III (1546-1595), son expansion terrestre se double d'avancées navales en Méditerranée, principalement au détriment des riches cités italiennes. Les attaques ottomanes conduisent les États du pape, la république de Venise, l'Espagne et quelques autres puissances à s'allier pour repousser l'envahisseur. L'affrontement a lieu à Lépante, non loin des côtes occidentales de la Grèce, le 7 octobre 1571 : la flotte ottomane, réputée invincible, subit de lourdes pertes et, après une journée de violents combats, doit battre en retraite. Cette bataille marque l'arrêt de l'expansionnisme ottoman en Méditerranée.

DES PRISONS D'ALGER AUX PREMIERS SUCCÈS

Parti de Naples, le bateau de Cervantès est attaqué en mer par des navires ottomans. L'écrivain, accompagné de son frère, est fait prisonnier et est débarqué à Alger, où il est perçu comme un prisonnier notable, susceptible de faire l'objet d'une rançon. En 1577, la somme d'argent amassée par sa mère permet la libération d'un des deux hommes : Cervantès se sacrifie, tandis que son frère, Rodrigo, est relâché. Doté d'une grande imagination, Cervantès met au point quatre tentatives d'évasion, toutes plus pittoresques les unes que les autres. Mais celles-ci échouent sans exception, par manque de chance ou à cause d'une trahison dans les rangs des prisonniers ou de leurs contacts hors de leur geôle. Ces aventures marqueront durablement l'auteur et nourriront plusieurs de ses écrits. Enfin, en 1580, une expédition menée par les membres d'un ordre religieux parvient à négocier la libération ou le rachat des captifs, dont Cervantès, qui peut enfin retrouver les siens à Madrid.

S'ensuit une période de productivité littéraire intense, au cours de laquelle Cervantès connaît le succès, notamment grâce à sa pièce *Le Siège de Numance* (1585) et au roman pastoral *La Galatée* (1585). En 1584, il épouse une certaine Catalina de Salazar y Palacios, de près de 20 ans sa cadette. Pendant les deux années qui suivent, il écrit et fait représenter plusieurs pièces de théâtre, aujourd'hui perdues pour la plupart mais dont subsistent les titres.

LES TOURMENTS DES DERNIÈRES ANNÉES

Sans raison apparente, Cervantès délaisse l'écriture et sa jeune épouse pour partir en Andalousie en 1587. Il y parcourt les routes comme collecteur de vivres, puis en tant que collecteur d'impôts. En 1592, accusé d'avoir indûment réquisitionné le blé d'un monastère, il est excommunié et incarcéré à Castro del Rio. Libéré, on l'arrête à nouveau quelques années plus tard pour malversation dans la collecte des taxes. Qu'il soit coupable ou non, Cervantès est emprisonné à Séville en 1597. C'est probablement dans sa cellule andalouse qu'il nourrit le projet d'un grand roman parodique et innovant. Ce sera *Don Quichotte*. Après plusieurs mois de captivité, il est relâché et disparaît jusqu'en 1604.

La première partie de *L'Ingénieux Hidalgo Don Quichotte de la Manche* est publiée en 1605. Réinvention du roman picaresque, l'œuvre connaît aussitôt un franc succès. Mais, un an plus tard, Cervantès est accusé du meurtre d'un noble qui s'est produit devant sa maison. C'est à nouveau une période trouble pour l'écrivain. Il finit cependant par obtenir la protection d'importants personnages de la cour et ses dernières années comptent alors parmi ses plus productives : *Les Nouvelles exemplaires* paraissent en 1613, *Le Voyage au Parnasse* en 1614 et la seconde partie de *Don Quichotte* en 1615. Deux jours avant sa mort, il met la touche finale à son roman *Les Travaux de Persille et Sigismonde*. Cervantès est enterré à Madrid le 23 avril 1616.

Couverture de la première édition de *Don Quichotte*, 1605.

PROSATEUR PLUS QUE POÈTE

Malgré de nombreuses tentatives, pour la plupart honorables, Cervantès ne parvient jamais vraiment à percer dans d'autres genres littéraires que le roman et la nouvelle. Sa première œuvre publiée est pourtant un ensemble de quatre poèmes de circonstance, c'est-à-dire liés à un événement particulier. Conscient de ses limites, Cervantès écrit lui-même dans *Le Voyage au Parnasse* qu'il n'a pas eu la chance de recevoir le don de composer des vers. Dans cette œuvre en vers teintée d'ironie et d'autodérision, l'écrivain se met lui-même en scène : réunissant les meilleurs versificateurs espagnols, il les envoie sur le mythique mont Parnasse pour y affronter en duel les poètes les moins recommandables. Pourtant, si Cervantès ne réussit pas à percer en tant que poète, les vers émaillent la majorité de ses œuvres en prose, tout en restant subordonnés au reste du texte.

Les mêmes réticences du public s'appliquent à ses pièces théâtrales. Seul *Le Siège de Numance* est reçu favorablement par les spectateurs. L'écrivain ne peut en effet lutter avec les innovations de Lope de Vega, le plus célèbre dramaturge espagnol de l'époque. Les comédiens s'éloignent de ses créations, jugées vieillottes, difficiles et trop traditionnelles, malgré une certaine originalité due à quelques emprunts au théâtre antique. Cervantès se résigne alors à ne plus faire représenter ses pièces et se contente de publier certaines d'entre elles dans un recueil intitulé *Huit Comédies et Huit Intermèdes* (1615).

UN FOISONNEMENT NARRATIF

De l'ensemble de l'œuvre de Cervantès se dégagent quelques traits singuliers dont le mélange donne toute sa particularité à l'auteur. Dans ses récits en prose, il manipule tout d'abord un nombre important de personnages et de situations dont beaucoup donnent lieu à des récits enchâssés ou à des épisodes digressifs qui viennent se greffer sur le fil conducteur initial pour explorer certains thèmes, personnages secondaires ou questionnements contemporains. Ainsi, dans *La Galatée*, les personnages de Tirsis et Damon interrompent fréquemment le cours de l'histoire pour dialoguer sur la passion amoureuse, au centre de l'œuvre.

En plus de ces interruptions du fil narratif principal, l'aspect hétérogène des œuvres romanesques de Cervantès est encore accentué par leur découpe en différents épisodes qui peuvent presque se lire indépendamment les uns des autres. Ceux-ci sont en outre précédés d'un titre significatif annonçant les événements s'y déroulant. C'est l'enchaînement de ces passages plus ou moins individualisés qui constitue l'œuvre complète.

LA PARODIE ET LE DISCOURS SUR LA LITTÉRATURE

Quant aux thèmes de ses œuvres (l'amour, la folie, le surnaturel, etc.), ils appartiennent au répertoire traditionnel. Toutefois, Cervantès fait preuve d'une originalité incontestable en les traitant de manière parodique, humoristique ou innovante, remettant par là en question les pratiques littéraires de son époque et des siècles précédents. Ainsi, *La Galatée* reprend les codes du roman pastoral – un récit d'amour entre deux jeunes bergers dans un cadre idyllique – tout en proposant un débat sur les raisons de cette passion, là où la tradition se contente d'en faire état. Dans *Les Travaux de Persille et Sigismonde*, l'auteur modernise le roman grec, une forme de récit d'aventures datant de l'Antiquité. Enfin, l'exemple le plus marquant est sans doute *Don Quichotte*, qui constitue une parodie des romans de chevalerie qui circulaient à la fin du Moyen Âge et mettaient en scène de preux combattants aux multiples vertus.

Mais il ne s'agit pas du seul procédé de détournement employé par l'auteur. Dans la préface de *Don Quichotte*, notamment, l'écrivain opère une distanciation par rapport à son récit en déclarant que les premiers chapitres sont empruntés aux archives de la Manche et que le reste du texte est une traduction depuis l'arabe de l'œuvre d'un certain Cid Hamet Ben Engeli. Ce stratagème, par ailleurs largement usité à cette époque, permet à Cervantès, d'une part, de se prémunir des critiques à l'égard de la forme littéraire de son œuvre et, d'autre part, de ne pas être tenu entièrement responsable des propos parfois acerbes à l'encontre de la société espagnole de son temps. Plus étonnant encore, dans la seconde partie, Don Quichotte et son écuyer eux-mêmes sont informés qu'ils sont les héros d'un livre, et commentent dès lors la mise par écrit de leurs propres aventures. La réalité rejoint donc la fiction, et le jeu sur les identités respectives de l'auteur, du traducteur et des personnages se voit renforcé.

DON QUICHOTTE

Don Quichotte est composé de deux parties parues à dix ans d'intervalle. La première, intitulée *L'Ingénieux Hidalgo Don Quichotte de la Manche*, est publiée en 1605 et rencontre immédiatement un succès foudroyant. À tel point que des éditions pirates circulent sous le manteau. Cet engouement explique sans doute que certaines personnes malavisées aient tenté d'en tirer profit : en 1614, un volume présenté comme la seconde partie de l'œuvre et signé par un certain Fernández de Avellaneda contraint Cervantès à terminer au plus vite la rédaction du deuxième tome de *Don Quichotte*. Celui-ci paraît en 1615 et l'auteur y condamne, dans la préface, l'opportuniste de l'année précédente.

Don Quichotte, c'est le récit des folles aventures d'un petit noble, Alonso Quichano, passionné de romans de chevalerie au point que ses lectures le conduisent à s'autoproclamer chevalier errant. Il prend alors un vieux cheval de trait qu'il considère comme un fier destrier, se choisit une noble dame de cœur en la personne d'une paysanne d'un village voisin qu'il baptise Dulcinée du Toboso, et s'adjoint un écuyer pragmatique, Sancho Panza, rencontré au hasard de ses pérégrinations. Au cours de trois expéditions successives (les deux premières occupent le tome 1, tandis que la troisième, plus longue, constitue le sujet du tome 2), il combat des moulins, qu'il assimile à des géants, confond une auberge avec un château et s'approprie le casque du célèbre Mambrin, qui n'est en réalité qu'un plat de barbier, avant de rentrer chez lui, de recouvrer la raison et de mourir.

DORÉ (Gustave), *Don Quichotte combat un moulin à vent avec son cheval Rossinante*, 1863, dessin, collection privée. Gustave Doré est l'auteur de 370 illustrations pour une réédition française de *Don Quichotte* en 1863.

Tributaire du genre du roman picaresque et probablement influencé par *La Vie de Lazarillo de Tormes*, Cervantès s'inspire également, et surtout, des romans de chevalerie, dont il entend faire une parodie. Il s'agit là du point de départ de *Don Quichotte*. À cette époque, les romans de chevalerie équivalaient, semble-t-il, à nos romans de gare. Récits univoques, emplis de bons sentiments et de nobles valeurs, ils étaient cependant devenus incompatibles avec la société espagnole sous Philippe II et Philippe III. Donnant vie à un héros qui a lu leurs aventures et en fait ses modèles, Cervantès compose donc un récit hautement burlesque. Toute la vision du monde de Don Quichotte repose sur un idéal littéraire qu'il essaie tant bien que mal d'accommoder au réel. Il attribue ses problèmes ou ses déconvenues à l'action d'enchanteurs dont lui seul percevrait l'existence, et persuadé de la justesse de sa cause, il voit de la noblesse dans les gestes les plus banals et de la vulgarité dans certaines coutumes de la bonne société. Au fil des pages, le lecteur ne peut s'empêcher de se moquer, avec l'auteur, de ce personnage fantasque évoluant dans une réalité parallèle sortie tout droit de son imagination. C'est du contraste entre la présentation de situations absurdes et l'implacable mais folle logique de Don Quichotte que naît, dans un premier temps, le rire.

Pour contrebalancer ce personnage fantasque, Cervantès lui adjoint un écuyer improvisé, maladroit, râleur et très terre-à-terre : Sancho Panza. Sa présence permet de confronter deux langages, deux caractères, deux manières de percevoir le monde. Sympathique et truculent, Sancho Panza rehausse encore l'humour de l'œuvre : si le comique est déjà présent tout au long du roman, il ne s'exprime cependant pleinement que par le contrepoint que ce fidèle compagnon apporte, grâce à son « humour qui ridiculise mais comprend aussi [la] folie » (MARTIN (Adrienne L.), *Cervantès and the Burlesque Sonnet*, Berkeley et Los Angeles, Oxford, University of California Press, 1991).

DORÉ (Gustave), *Don Quichotte et Sancho Panza*, 1863, dessin, collection Kharbine-Tapabor.

Le *Don Quichotte* de Cervantès dépasse toutefois le cadre de la simple parodie chevaleresque. La position d'insensé de Don Quichotte a l'avantage de lui autoriser toutes les critiques et toutes les satires. Ainsi, l'Espagne du temps de Philippe II et le gouvernement de ce dernier ne sont pas épargnés, surtout lorsqu'il s'agit d'évoquer les conditions de vie du bas peuple. Les croyances, les traditions, les hiérarchies modernes, tout est, à un moment ou à un autre, invectivé par le chevalier à la Triste Figure, comme il se surnomme lui-même. Mais son discours est-il simplement lié à sa folie ou faut-il y lire, de manière voilée, les idées de Cervantès ? Au final, le fou a peut-être raison et nous sommes tous bêtes de ne pas le croire…

À mesure que les héros rencontrent de nouveaux personnages s'élargissent à la fois le champ de l'action et celui de la réflexion. Même si les contemporains de l'auteur avaient toutes les clés pour comprendre le texte et ses intentions, chaque époque lui a donné une nouvelle interprétation. L'universalité des thèmes abordés dans le roman (la folie, l'illusion, la représentation de la réalité et l'inadéquation des valeurs au réel) ne peut en effet manquer de susciter la réflexion indépendamment de son contexte originel.

DON QUICHOTTE, UNE VÉRITABLE STAR !

Le roman de Cervantès a fasciné les écrivains – donnant lieu à quelques suites, notamment par l'Anglais Graham Greene (1904-1991), auteur de *Monsignore Quichotte* (1982), et même à des bandes dessinées – et a inspiré de nombreux illustrateurs et peintres – dont Honoré Daumier (1808-1879), Gustave Doré (1832-1883), Pablo Picasso (1881-1973) ou encore Salvador Dalí (1904-1989). Mais il a également fait l'objet de multiples adaptations au théâtre, à l'opéra et au cinéma. Dès 1903, Ferdinand Zecca (1864-1947) et Lucien Nonguet (né en 1868) adaptent le roman de Cervantès dans un film muet de 16 minutes et, jusqu'au XXIe siècle, pas moins d'une vingtaine de séries et de films s'inspireront du chevalier fantasque. Parmi ceux-ci, on retiendra, en 1992, l'œuvre posthume d'Orson Wells (1915-1985), qui avait toujours caressé le projet de porter les aventures de Don Quichotte à l'écran, mais qui était resté insatisfait par le montage des scènes, tournées à partir de 1955. C'est finalement son assistant, Jesús Franco (1930-2013), qui termine le film, mêlant scènes classiques et relecture moderne de l'œuvre. Alors qu'il tente de tourner, à partir de 2000, *L'Homme qui tua Don Quichotte* avec Jean Rochefort, Johnny Depp et Vanessa Paradis, Terry Gilliam (né en 1940) est quant à lui confronté à plusieurs difficultés indépendantes de sa volonté : les vols de matériel, les problèmes d'organisation, la maladie de Rochefort ou encore les pluies diluviennes ont raison du projet, resté inachevé. Un documentaire, *Lost in la Mancha*, retrace les problèmes survenus lors du tournage.

LES NOUVELLES EXEMPLAIRES

Le recueil de 12 textes rassemblés sous le titre *Les Nouvelles exemplaires* paraît en 1613, soit entre les deux parties de *Don Quichotte*. Cervantès écrit cependant certaines de ces nouvelles dès 1590, et deux d'entre elles sont prêtes à être publiées en 1605. Il s'agit donc d'une œuvre de longue haleine, composée au gré des errances de l'auteur.

Les 12 nouvelles, si elles possèdent des caractéristiques communes, n'ont pas de thème fédérateur. Elles abordent toutefois des sujets et des motifs bien connus : union impossible, triangle amoureux, hasard des rencontres, secrets et révélations. Ainsi, *La Force du sang* développe les conséquences des désirs qui animent un Don Juan, *L'Amant généreux* évoque une union contrariée par une rixe et un enlèvement, *Le Colloque des chiens* consiste en un dialogue critique entre des chiens et leurs maîtres, etc.

Autant de petites vignettes présentant un aspect de la vie quotidienne de l'époque, les *Nouvelles exemplaires* tirent leur originalité et leur force de leur forme brève et de leur concentration narrative. En effet, les digressions, les longues descriptions et, de manière générale, le superflu s'effacent au profit d'une intrigue unique, à la fois simple et efficace. Chacun des récits se focalise par ailleurs sur un nombre restreint de personnages dont la psychologie est primordiale et dont les réactions conditionnent l'ensemble de l'histoire. Tout s'enchaîne de manière logique et cohérente. Enfin, tandis que certaines nouvelles sont réalistes, c'est-à-dire qu'elles représentent le réel de façon vraisemblable, d'autres témoignent clairement de l'influence des récits idéalistes dont Cervantès a notamment nourri *La Galatée*.

Lorsque l'écrivain décide d'écrire des nouvelles, il a conscience du statut de pionnier qu'il aura dans la littérature de langue espagnole. Toute production originale de ce genre semble en effet être inexistante avant lui.

On trouve cependant des traductions d'œuvres étrangères, notamment du *Décaméron* de l'Italien Boccace (1313-1375), qui a beaucoup influencé les littératures européennes de la Renaissance au XVIIe siècle. Cervantès différencie en outre sa production des contes, nombreux dans la tradition espagnole. Selon lui, la nouvelle doit porter sur un moment de crise précis, alors que le conte est un peu plus dilué et moins rigoureusement mené. C'est donc là le sens du titre de son œuvre : ses *Nouvelles* sont *exemplaires* car elles fournissent un modèle du genre pour les écrivains à venir, au-delà de leur visée morale et didactique.

LES TRAVAUX DE PERSILLE ET SIGISMONDE

Les Travaux de Persille et Sigismonde constituent le dernier écrit de Cervantès. Probablement entamé lors du retour de l'auteur à Madrid en 1605, le roman est achevé deux jours avant sa mort, en 1616. Sa rédaction a donc certainement été interrompue à plusieurs reprises, d'autant plus que Cervantès menait alors de front la composition du *Don Quichotte* et celle de quelques-unes des *Nouvelles exemplaires*.

Ce roman relate les aventures de deux personnages, Persille et Sigismonde, originaires du Nord de l'Europe. Prince et princesse, ils s'aiment et cherchent à rejoindre Rome pour que le pape donne sa bénédiction à leur passion. Se cachant sous des noms d'emprunt, Périandre et Auristèle, ils traversent le Vieux Continent et les dangers incarnés par de multiples personnages secondaires. Les aléas du climat et des rencontres les font se séparer et se retrouver à de nombreuses reprises avant qu'ils n'atteignent finalement leur but. À Rome, leur union est autorisée lors d'une scène où se mêlent fantastique et morale chrétienne.

Pour cette dernière œuvre, Cervantès recourt à un genre littéraire de la fin de l'Antiquité : le roman grec, aussi appelé roman byzantin, suivant le modèle des *Éthiopiques* du romancier Héliodore (IIIe-IVe siècles).

Ce type de récit trouve sa thématique principale dans l'amour impossible éprouvé par deux jeunes gens fortement idéalisés. S'ils traversent de nombreuses épreuves, le dénouement de leurs aventures est toujours heureux. Le genre autorise par ailleurs que viennent se greffer à cette ligne directrice d'autres récits de moindre importance. Ainsi, chez Cervantès, l'histoire, somme toute très simple, se trouve complexifiée par plusieurs intrigues secondaires : de nombreux personnages rencontrés par les protagonistes principaux racontent en effet, parfois assez longuement, leurs propres aventures, qui permettent le plus souvent d'apporter un éclairage supplémentaire sur l'amour des deux héros. Bien que le genre du roman grec légitime complètement ces digressions, il s'agit là d'une pratique typique de Cervantès, qui l'utilisait déjà dans *Don Quichotte*.

Aussi l'auteur n'est-il pas le premier à réinterpréter le modèle antique. Les humanistes de la Renaissance, qui sont à l'origine de la redécouverte des œuvres gréco-romaines, s'y sont déjà essayé et, en Espagne, une première illustration du roman grec date de 1552 (Alonso de Nuñez de Reinoso, *Historia de los amores de Clareo y Florisea, y los trabajos de la sin ventura Isea*). Cervantès a cependant la prétention de dépasser le Grec Héliodore en intégrant au roman grec un propos moderne et chrétien. Mais s'il insuffle à son texte une dimension morale importante, comme certains de ses contemporains, notamment Jerónimo de Contreras (1505-1582) avec *Selva de aventuras* (1565) ou Lope de Vega avec *Peregrino en su patria* (1604), la vision du monde qui ressort de l'ensemble est moins catégorique que chez ces derniers : les limites entre le bien et le mal, entre le vrai et le faux, la foi et la philosophie sont plus nuancées, et ses analyses sont donc plus riches. De son propre aveu, *Les Travaux de Persille et Sigismonde* est son œuvre préférée et la plus aboutie, même si, malgré un succès relatif au XVIIe siècle, ce n'est pas la plus lue de nos jours.

CERVANTÈS, UNE SOURCE D'INSPIRATION

De sa mort à aujourd'hui, Cervantès n'a cessé d'être une source d'inspiration majeure pour la littérature. Même si *Don Quichotte* est de loin son œuvre la plus lue et la plus célèbre, et par conséquent la plus influente, ses autres textes ont eux aussi marqué de nombreux écrivains. Ainsi, *L'Astrée* (1607) d'Honoré d'Urfé (1569-1625) doit probablement beaucoup au cadre bucolique de *La Galatée*.

L'idée de départ de *Don Quichotte* rattache l'ouvrage à un type de texte bien connu, mais l'originalité de Cervantès en fait un modèle pour toutes les générations d'écrivains à venir. La profusion des intrigues secondaires mêlée au ridicule des personnages se retrouve dès le XVIIe siècle dans des récits burlesques tels que *Le Roman comique* (1651 et 1657) de Paul Scarron (1610-1660) ou *Le Roman bourgeois* (1666) d'Antoine Furetière (1619-1688). En rendant ses personnages conscients de leur statut fictif, Cervantès inaugure par ailleurs une pratique reprise par plusieurs auteurs du XVIIIe siècle, tels que Denis Diderot (1713-1784) avec *Jacques le fataliste et son maître* (1778-1780) ou l'Anglais Laurence Sterne (1713-1768) avec les *Vies et Opinions de Tristram Shandy* (1759-1763). Au XXe siècle, le jeu sur l'identité du narrateur, de l'écrivain et du héros inspire à Jorge Luis Borges (1899-1986) une des nouvelles de son recueil *Fictions* (1944), « Pierre Ménard, auteur du *Quichotte* » : un certain Pierre Ménard entreprend de réécrire *Don Quichotte* exactement comme l'original, mais en justifiant chacun de ses choix par un argument moderne.

À côté de ceux qui se sont directement inspirés de *Don Quichotte*, beaucoup d'écrivains lui vouent, selon leurs propres aveux, un véritable culte, à l'instar de Gustave Flaubert (1821-1880), d'Henry de

Montherlant (1895-1972) ou encore de Vladimir Nabokov (1899-1977). Le premier écrit d'ailleurs dans sa correspondance que « ce qu'il y a de prodigieux dans *Don Quichotte*, c'est l'absence d'art et cette perpétuelle fusion de l'illusion et de la réalité qui en fait un livre si poétique » (Lettre à Louise Colet, le 22 novembre 1852). *Don Quichotte* fascine tellement qu'en 1905, Miguel de Unamuno (1864-1936) publie un livre intitulé *La Vie de don Quichotte et de Sancho Panza*, qui analyse le roman de Cervantès chapitre par chapitre. Le commentateur y défend notamment la justesse de la folie du personnage principal contre le prétendu bon sens du commun des mortels, faisant ainsi de Don Quichotte une sorte de modèle philosophique.

De manière plus diffuse, l'intrusion du fantastique dans le monde réel inspire un tout autre pan de la littérature des XXe et XXIe siècles. L'apparition d'un élément inexplicable dans un univers rationnel, présente à la fois dans *Don Quichotte* et dans *Les Travaux de Persille et Sigismonde*, est appelée par la critique le « réalisme magique » et donne lieu à un véritable courant littéraire illustré, notamment, par Italo Calvino (1923-1985), Gabriel García Márquez (1927-2014), Salman Rushdie (né en 1947) ou encore par le Japonais Haruki Murakami (né en 1949). Tous ces auteurs partent de la banalité du quotidien pour révéler la part de fabuleux qui s'y cache.

EN RÉSUMÉ

- Cervantès est un des auteurs majeurs du Siècle d'or espagnol, une période d'important essor culturel qui s'étend de la fin du XVe siècle au milieu du XVIIe siècle. Parallèlement, sur le plan politique, le début du XVIIe siècle voit le déclin de l'Espagne. Les difficultés de gestion de l'Empire espagnol conduisent à une dégradation des conditions de vie pour une grande partie de la population.

- L'écrivain, tour à tour secrétaire d'un futur cardinal, soldat lors de la bataille de Lépante, prisonnier de guerre, collecteur d'impôts ou encore fugitif accusé de meurtre, mène une existence particulièrement mouvementée.

- Ce n'est qu'à partir de 1580 qu'il se consacre plus attentivement à l'écriture. Il connaît ses premiers succès en 1885, avec un roman pastoral, *La Galatée*, et une pièce de théâtre, *Le Siège de Numance*. Mais son activité littéraire est toutefois interrompue par une période d'exil en Andalousie et des démêlés avec la justice.

- C'est dans la dernière partie de sa vie qu'il est le plus productif. Entre 1605 et sa mort, en 1616, il publie trois œuvres majeures : le célèbre *Don Quichotte*, *Les Nouvelles exemplaires* et *Les Travaux de Persille et Sigismonde*, qu'il considère comme son œuvre la plus aboutie.

- Cervantès a pour habitude de s'inspirer de genres existants (le roman picaresque, le roman grec, etc.) et de traiter de thèmes traditionnels (l'amour, la folie, etc.), mais fait preuve d'une indéniable originalité en les transformant, en les parodiant ou en les adaptant à la culture espagnole, dans des œuvres empreintes d'humour et de critique sociale.

- Sa production, en particulier *Don Quichotte*, marque de nombreux auteurs qui se nourrissent abondamment de son humour, de ses techniques narratives et de sa réflexion sur le réel et l'illusion.

POUR ALLER PLUS LOIN

SOURCES BIBLIOGRAPHIQUES

* « Arts du Siècle d'or espagnol », in *Larousse*, consulté le 17/02/2015.
  http://www.larousse.fr/encyclopedie/divers/arts_du_Si%C3%A8cle_dor_espagnol/181572.
* BECKER (Danièle), « Cervantès, l'homme des masques et des secrets », in *Clio*, consulté le 11/03/2015.
  https://www.clio.fr/BIBLIOTHEQUE/Cervantès_l_homme_des_masques_et_des_secrets.asp.
* CANAVAGGIO (Jean), « Cervantès, Miguel de (1547-1616) », in *Encyclopædia Universalis*, consulté le 10/03/2015.
  http://www.universalis-edu.com/encyclopedie/miguel-de-cervantes/.
* CERVANTÈS (Miguel de), *Les Nouvelles exemplaires*, Paris, Gallimard, Paris, Gallimard, 1981.
* CERVANTÈS (Miguel de), *Les Travaux de Persille et Sigismonde*, Paris, José Corti, 1999.
* CERVANTÈS (Miguel de), *L'Ingénieux hidalgo Don Quichotte de la Manche*, tome 1, Paris, Gallimard, 1988.
* CERVANTÈS (Miguel de), *L'Ingénieux hidalgo Don Quichotte de la Manche*, tome 2, Paris, Gallimard, 1989.
* CERVANTÈS (Miguel de), *Œuvres complètes*, 2 tomes, Paris, Gallimard, coll. Bibliothèque de la Pléiade, 2001.
* COLLECTIF, « Les grands héros de la littérature : Don Quichotte », in *Le Magazine littéraire*, hors-série n° 1, juillet-août 2010.
* JOSET (Jacques), « Cervantès (1547-1616) », in *Patrimoine littéraire européen. Établissement des genres et retour du tragique (1515-1616)*, Bruxelles, De Boeck université, 1995, p. 883-885.

- LAPEYRE (Henri), « Espagne (Le territoire et les hommes) – De l'unité politique à la guerre civile », in *Encyclopædia Universalis*, consulté le 17/02/2015.
  http://www.universalis-edu.com/encyclopedie/espagne-le-ter-ritoire-et-les-hommes-de-l-unite-politique-a-la-guerre-civile/.
- MARTIN (Adrienne L.), *Cervantes and the Burlesque Sonnet*, Berkeley, Los Angeles et Oxford, University of California Press, 1991.
- « Miguel de Cervantès », in *Larousse*, consulté le 10/03/2015.
  http://www.larousse.fr/encyclopedie/personnage/Miguel_de_Cervant%C3%A8s/112410.
- MOLHO (Maurice), « Picaresque, roman », in *Encyclopædia Universalis*, consulté le 17/02/2015.
  http://www.universalis-edu.com/encyclopedie/roman-picaresque/.
- RILEY (Edward C.), « Miguel de Cervantes », in *Encyclopaedia Britannica*, consulté le 10/03/2015.
  http://www.britannica.com/EBchecked/topic/103673/Miguel-de-Cervantes
- SESÉ (Bernard), « Don Quichotte, livre de M. de Cervantès », in *Encyclopædia Universalis*, consulté le 10/03/2015.
  http://www.universalis-edu.com/encyclopedie/don-quichotte-livre-de-m-de-cervantes/.

SOURCES ICONOGRAPHIQUES

- Couverture de la première édition de *Don Quichotte*, 1605. La photo reproduite est réputée libre de droits.
- DORÉ (Gustave), *Don Quichotte combat un moulin à vent avec son cheval Rossinante*, 1863, dessin, collection privée. La photo reproduite est réputée libre de droits.
- DORÉ (Gustave), *Don Quichotte et Sancho Panza*, 1863, dessin, collection Kharbine-Tapabor. La photo reproduite est réputée libre de droits.

- Martínez Zapatero (Rafael), Muguruza (Pedro) et Coullaut Valera (Lorenzo), monument à la mémoire de Cervantès, 1925-1930, Madrid, place d'Espagne, à Madrid. La photo reproduite est réputée libre de droits.

- Martínez Zapatero (Rafael), Muguruza (Pedro) et Coullaut Valera (Lorenzo), monument à la mémoire de Cervantès, 1925-1930, Madrid, place d'Espagne, à Madrid. La photo reproduite est réputée libre de droits.

www.50minutes.com

Éditeur responsable : Lemaitre Publishing
Rue Lemaitre 6 | BE-5000 Namur
info@lemaitre-editions.com

ISBN ebook : 978-2-8062-6310-0
ISBN papier : 978-2-8062-6311-7
Dépôt légal : D/2015/12603/86
Photo de couverture : © *Portrait imaginaire de Miguel de Cervantès*, par Juan de Jáuregui y Aguilar (vers 1600).

Conception numérique : Primento,
le partenaire numérique des éditeurs